Número de la Biblioteca del Congreso: 2023905220
IBSN: 979-8-9880151-3-0

Escrito Por Isela Arredondo

Este libro está dedicado a todos los que desean saber la importancia que el dinero tiene, y seguirá teniendo en sus futuros.

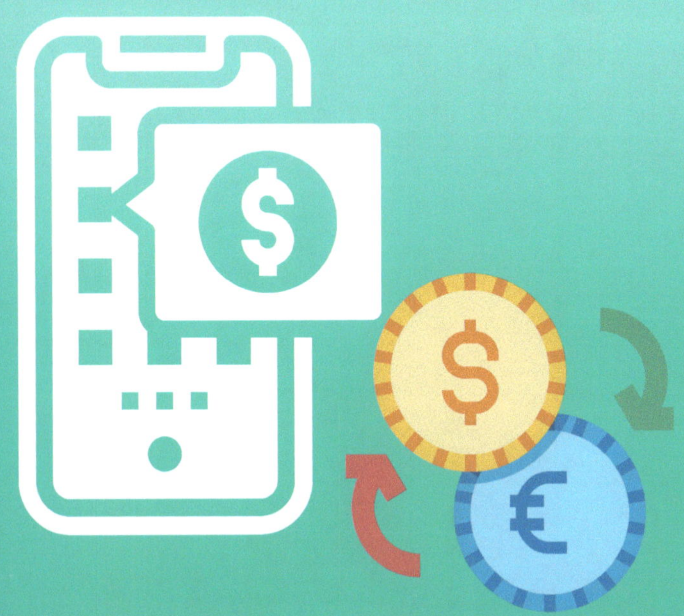

El dinero, en todas sus formas, es realmente importante porque sin él, no podríamos obtener las cosas que necesitamos para vivir una vida cómoda.

Exploremos y aprendamos juntos.

¿Qué es el dinero?

UES NA FORMA DE DIVISAS QUE LA GENTE USA PARA COMPRAR Y VENDER BIENES Y SERVICIOS. PUEDE TOMAR MUCHAS DIFERENTES FORMAS, COMO BILLETES EN PAPEL, MONEDAS, TRANSACCIONES DIGITALES E INCLUSO OBJETOS FÍSICOS QUE SE HAN UTILIZADO COMO DIVISAS EN EL PASADO.

¿Por qué es importante?

El dinero también sirve como unidad de cuenta, lo que significa que proporciona una forma estándar de medir el valor de diferentes bienes y servicios.

¿QUÉ APRENDISTE?

Historia

El uso del dinero como forma de intercambio se remonta a hace unos 5.000 años en la antigua Mesopotamia (actual Irak) y Egipto.

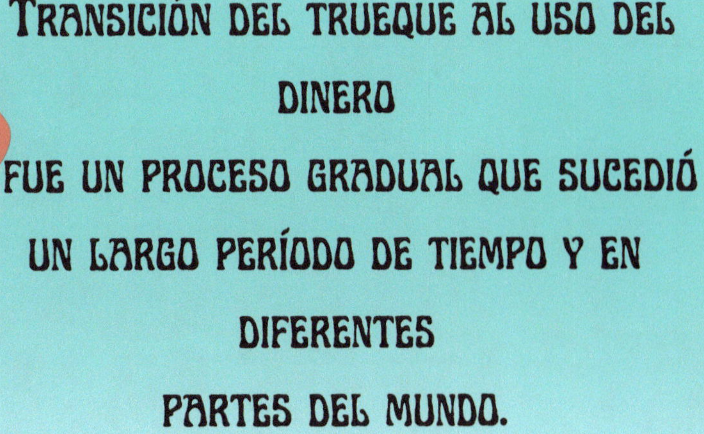

Transición del trueque al uso del dinero fue un proceso gradual que sucedió un largo período de tiempo y en diferentes partes del mundo.

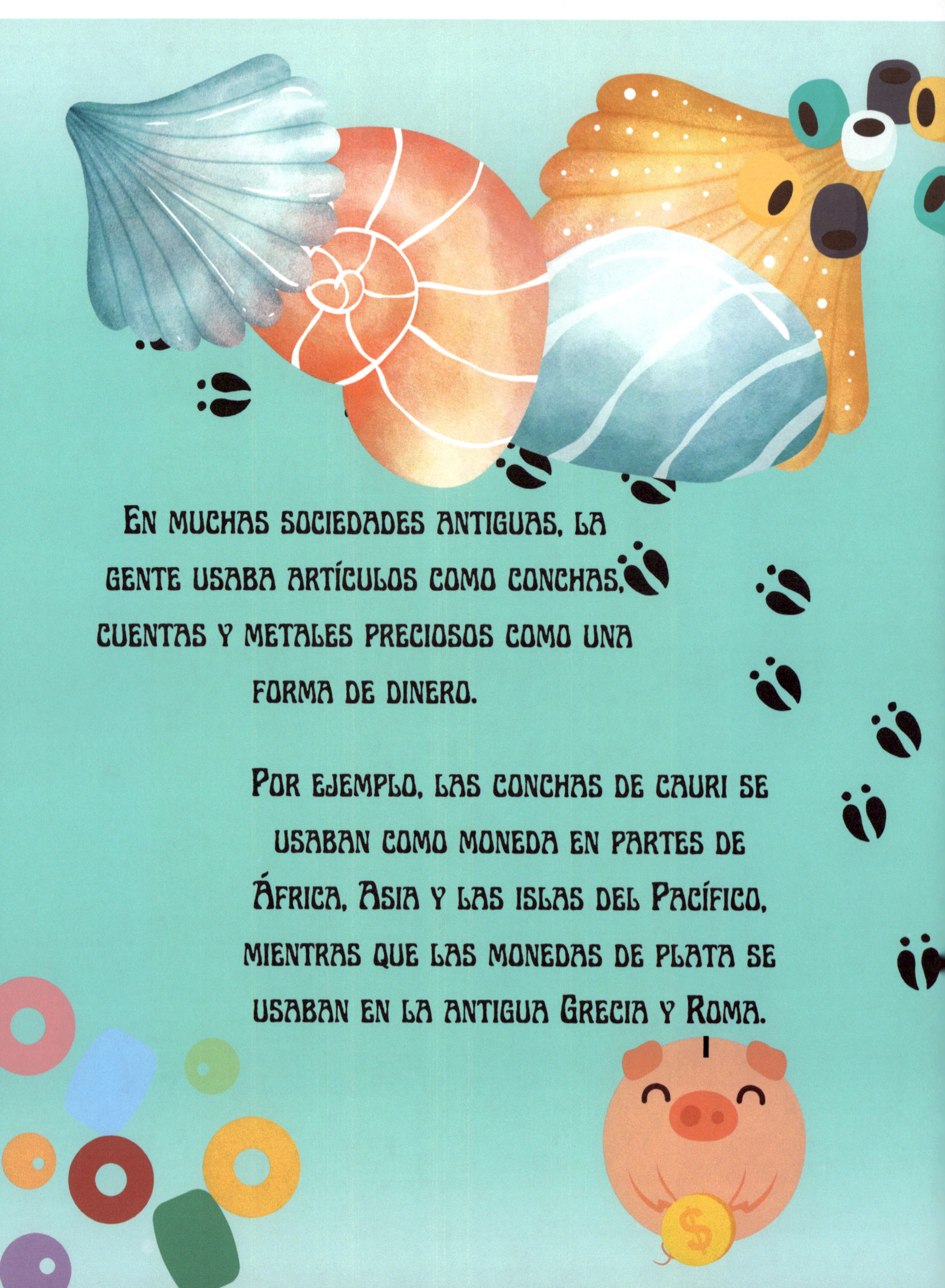

En muchas sociedades antiguas, la gente usaba artículos como conchas, cuentas y metales preciosos como una forma de dinero.

Por ejemplo, las conchas de cauri se usaban como moneda en partes de África, Asia y las islas del Pacífico, mientras que las monedas de plata se usaban en la antigua Grecia y Roma.

HISTORIA

¿QUÉ HECHO NUEVO Y GENIAL
DESCUBRISTE?

____

____

____

____

____

El dinero de papel se desarrolló por primera vez en China durante la dinastía Tang.
(618-907 dC).

PERO NO FUE HASTA EL SIGLO
XVII QUE EL DINERO DE PAPEL
EMPEZÓ A UTILIZARSE EN
EUROPA.

Historia

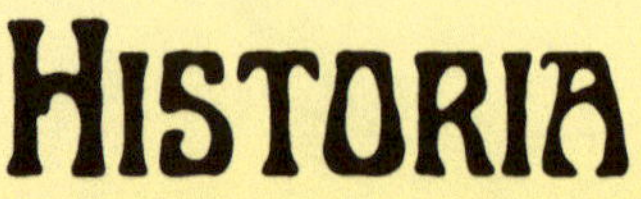

¿Qué te pareció interesante?

¿Cuál es la diferencia entre el dinero y la moneda?

Dinero es un término general utilizado para describir cualquier medio de intercambio que las personas utilizan para comprar y vender bienes y servicios. Esto puede incluir objetos físicos como monedas, billetes en papel y cheques, así como formas de pago digitales como tarjetas de crédito y transferencias en línea.

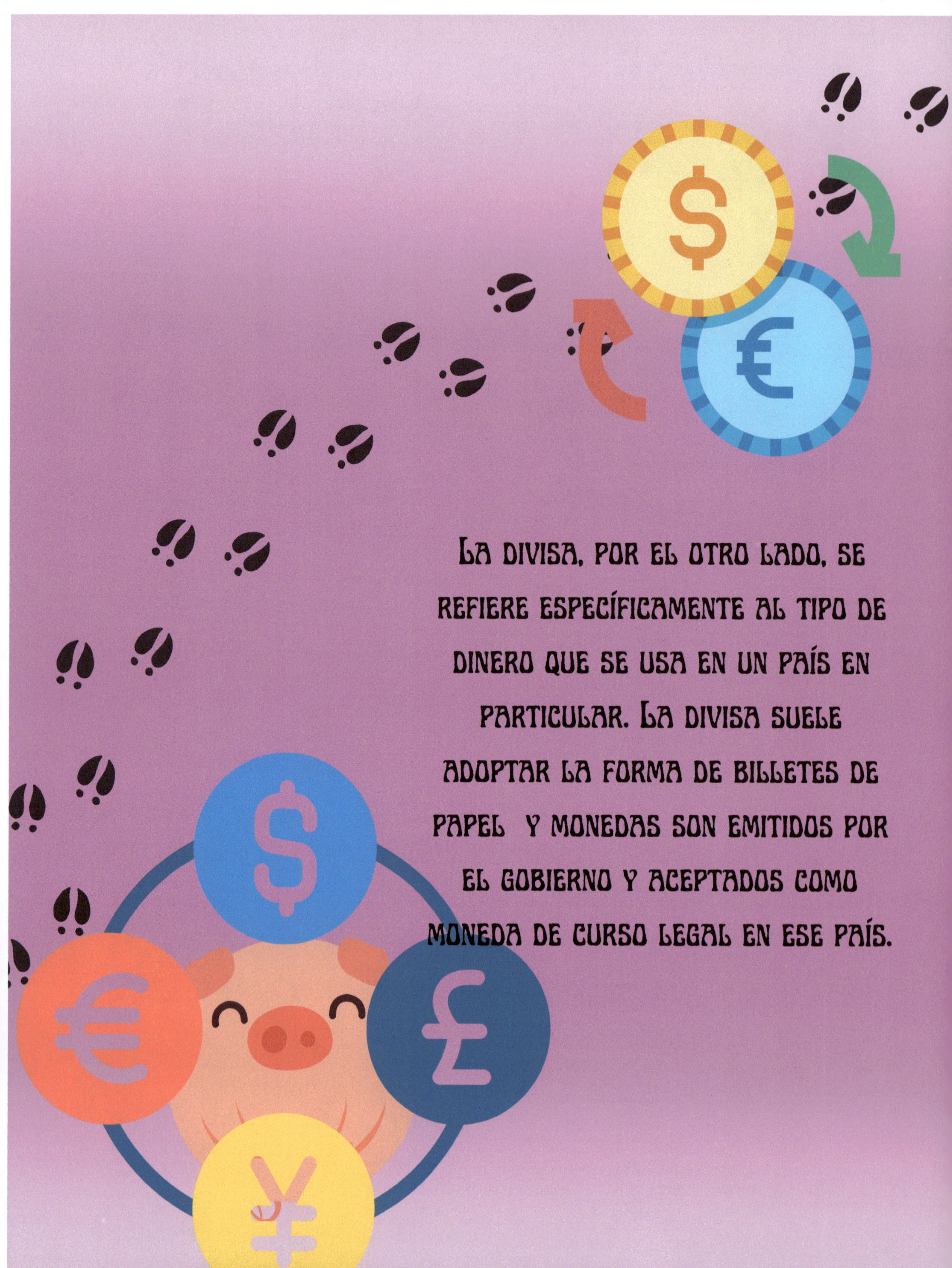

La divisa, por el otro lado, se refiere específicamente al tipo de dinero que se usa en un país en particular. La divisa suele adoptar la forma de billetes de papel y monedas son emitidos por el gobierno y aceptados como moneda de curso legal en ese país.

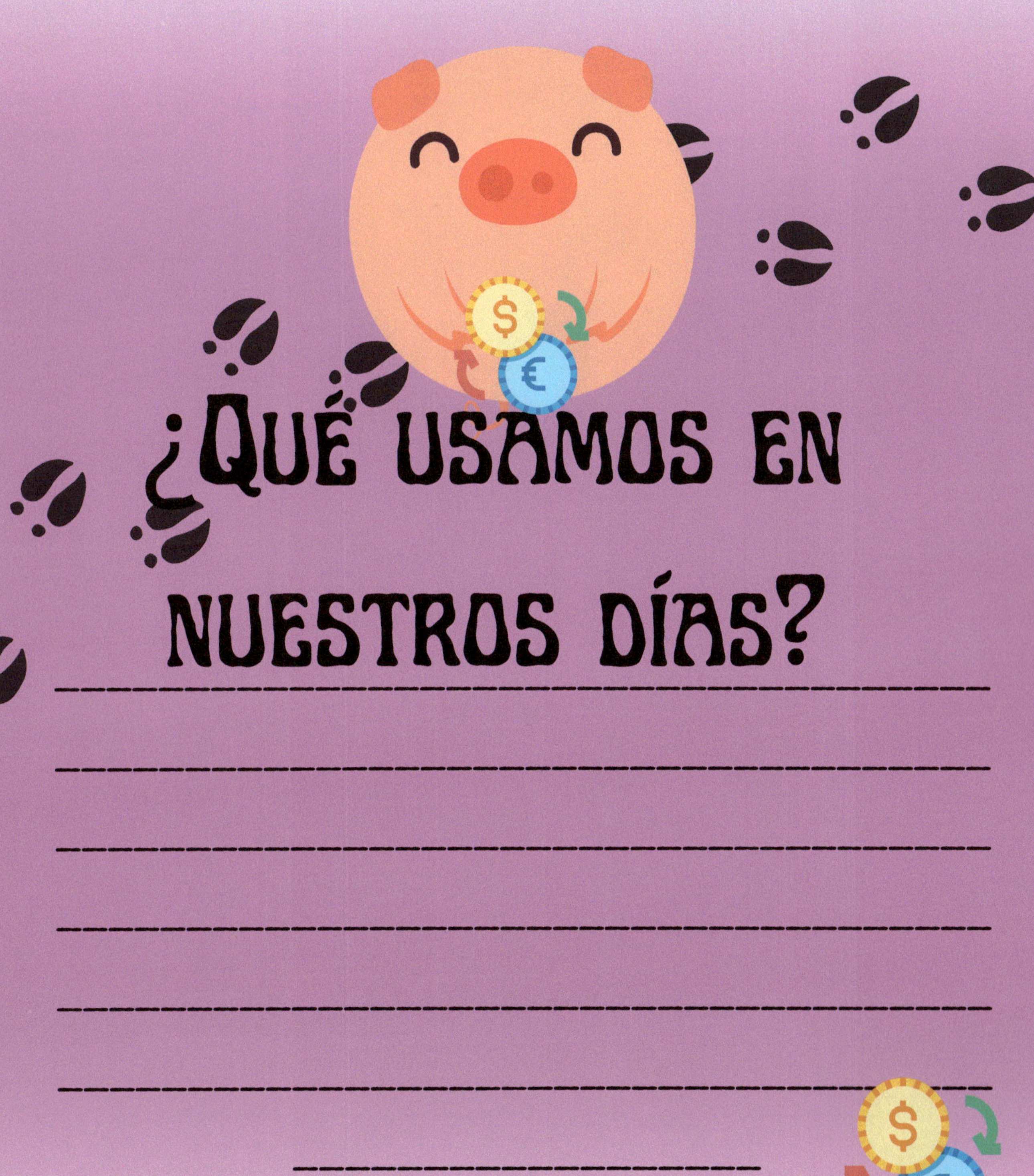

¿QUÉ USAMOS EN NUESTROS DÍAS?

____

____

____

____

____

____

Actualmente hay más de 180 divisas diferentes en uso en todo el mundo.

Algunos ejemplos

1. Estados Unidos - dólar estadounidense (papel divisas y monedas)
2. Unión Europea - euro (divisas de papel y monedas)
3. Reino Unido - libra esterlina (divisas de papel y monedas)
4. Japón - yen (divisas de papel y monedas)
5. China - yuan o renminbi (divisas de papel y monedas)
6. Australia - dólar australiano (divisas de papel y monedas)
7. Brasil - Real brasileño (divisas de papel y monedas)
8. Canadá - dólar canadiense (divisas de papel y monedas)
9. India - Rupia india (divisas de papel y monedas)
10. Rusia - Rublo ruso (divisas de papel y monedas)

¿Qué es divisa y cuál usas tú?

En los Estados Unidos de América

los Valores

monitoriales más

comunes de dinero

en circulación son:

MONEDAS

Actualmente seis valores diferentes de monedas están en circulación

1. Penny: vale un centavo
2. Níquel: vale cinco centavos
3. Dime: vale diez centavos
4. Quarter: vale veinticinco centavos
5. Medio dólar: vale cincuenta centavos
6. Dólar: vale un dólar

Las monedas de medio dólar y dólar no se usan tan comúnmente como las otras cuatro monedas, pero todavía están en circulación y se pueden usar para hacer compras.

Las primeras monedas utilizadas en los Estados Unidos fueron las monedas españolas, que circularon ampliamente en las colonias en el siglo XVIII. Estados Unidos comenzó a acuñar sus propias monedas en 1792.

¿Qué hecho interesante aprendiste sobre las monedas?

Billete de un dólar

Billete de cinco dolares

Billete de diez dolares

Billete de veinte dolares

Billete de cincuenta

dolares

Billete de cien dolares

Billetes: Estados Unidos emitió su primer billete de papel en 1862 durante la Guerra Civil. Estos billetes se conocían como "billetes verdes" debido a su distintiva tinta verde.

Solía haber denominaciones más grandes de billetes en circulación, como los billetes de $500, $1,000, $5,000 e incluso $10,000. Sin embargo, estas denominaciones más grandes se suspendieron a fines de la década de 1960 debido a preocupaciones sobre el lavado de dinero y el crimen organizado. Hoy en día, la denominación más alta de billetes en circulación es el billete de $100.

BILLETES

Datos interesantes:

____

____

____

____

____

____

____

____

Cheques

Los cheques se introdujeron por primera vez en los Estados Unidos a fines del siglo XVII, pero no se generalizaron hasta el siglo XX. Los bancos comenzaron a emitir cuentas corrientes personales en la década de 1920 y, para la década de 1950, los cheques se habían convertido en un método de pago común.

Es importante escribir toda esta información de manera precisa y legible. Recuerda que tu firma es un símbolo único que te representa a ti, tu acuerdo, y aprobación del documento o transacción.

Siempre ten cuidado al escribir un cheques, ya que cada uno saca dinero de tu cuenta bancaria.

Las Diferentes Partes de un Cheque

1. **Fecha:** Esta es la fecha en que el cheque se escribió.
2. **Beneficiario:** Es la persona o empresa a nombre de la cual se emite el cheque.
3. **Valor en Números:** Este es el valor de dinero por el cual es el cheque, escrito en números. Por ejemplo, si el cheque es por $25.00, esta línea dirá "25.00".
4. **Cantidad en Palabras:** Esta es la misma cantidad de dinero por la que es el cheque, escrita en palabras. Por ejemplo, si el cheque es por $25.00, esta línea dirá "veinticinco dólares y 00/100".
5. **Memo:** Este es un espacio para que escriba una nota sobre para qué es el cheque, como "Regalo de cumpleaños" o "Alquiler".
6. **Firma:** Aquí es donde firmas tu nombre para autorizar el cheque. Esto es lo que hace que el cheque sea un documento legal.

Las firmas generalmente se escriben en cursiva, ya que puede ayudar a que las firmas sean más distintivas y difíciles de copiar o falsificar.

Sin embargo, en algunos casos, las personas pueden usar una versión impresa de su nombre u otro símbolo para representar su firma.

NÚMERO DE RUTA: ESTE ES UN NÚMERO DE 9 DÍGITOS QUE
IDENTIFICA EL BANCO EN EL QUE SE GIRA EL CHEQUE.

NÚMERO DE CHEQUE:
ESTE ES EL NÚMERO
DEL CHEQUE EN SÍ.

NÚMERO DE CUENTA: ESTE ES EL NÚMERO DE LA CUENTA CORRIENTE EN
LA QUE SE GIRA EL CHEQUE.

CUANDO ABRAS UNA CUENTA CORRIENTE, EL BANCO TE DARÁ UN
TALONARIO ESPECIAL DE CHEQUES Y UNA TARJETA DE DÉBITO.
CUANDO ESCRIBAS UN CHEQUE O USES TU TARJETA DE DÉBITO, EL DINERO
SE RETIRA DE TU CUENTA CORRIENTE. ESO SIGNIFICA QUE SOLO PUEDES
GASTAR EL DINERO QUE TIENES EN TU CUENTA

¿Cuáles son las diferentes partes del cheque?

TARJETAS DE CRÉDITO

Las tarjetas de crédito son pequeñas tarjetas de plástico que te permiten comprar cosas sin tener que usar efectivo.

No siempre han existieron. Hace mucho tiempo, la gente solo usaba efectivo para comprar cosas. Pero a medida que pasaba el tiempo, la gente empezó a buscar una forma de comprar cosas sin tener que cargar mucho dinero en efectivo.

Cuando usas una tarjeta de crédito, estás pidiendo dinero prestado a un banco oa una empresa para realizar tu compra.

Las tasas de interés promedio que debes pagar son del 10%, 25% o más, sin embargo, si pagas el monto total dentro del ciclo de tu tarjeta de crédito, no debería haber intereses.

Historia

En la década de 1950, algunas empresas comenzaron a ofrecer tarjetas de crédito como una forma de que la gente comprara cosas ahora y las pagara después.

Esto fue realmente útil porque las personas ya no tenían que esperar hasta tener ahorrados suficientes de dinero para comprar lo que querían.

Con el tiempo, más y más personas comenzaron a usar tarjetas de crédito porque eran muy convenientes. Ahora, las tarjetas de crédito se utilizan en todo el mundo y se han convertido en una forma popular de comprar cosas.

¿Qué aprendiste sobre las tarjetas de crédito?

www.ingramcontent.com/pod-product-compliance
Lightning Source LLC
Chambersburg PA
CBHW041414300726
48978CB00002B/90